年木

TOSHIGI
Yamashita Kisa

山下きさ句集

ふらんす堂

序

この十余年、山下きささんとどれだけ共に歩き、句座を共にしてきたのだろう。気が付いたら、吟行の仲間の一人にきささんがいらした。それくらい自然な出合いだったのだろうと思う。

そのためか、句集『年木』の作品の一句一句の背後には、私自身も歩き、慣れ親しんだ里山の風景が、限りなく広がっているような思いがする。

しかし、それらの句に立ち止まって風景の広がりを感じていると、どこか現実を超越した世界を覗いているような不思議さを感じる瞬間がある。

屋根替の茅太々と束ねあり
床の間に大黒様や冷し蕎麦
厨よりこゑせる秋の扇かな
燭ひとつありたる稲荷小鳥くる
消炭に荒神箒新しく
提灯を納めし筥や芽吹山
徳利に屋号太々蚊遣香
立ち寄りて間口大きく月祀る

挙げたらきりがないのだが、とにかく懐かしいのだ。それは胸に迫るような懐かしさであって、「ああ、あの時ね」とうなずくような質のものではないような気がする。つまり郷愁ということになるのだろう。

私たちがふだん吟行するのは、小流れがあり、田畑の広がっているような武蔵野の里山である。日本の原風景というような景色の中を歩く。

ただし、遠くを望むと高層ビル群が見え、その手前を高速道路が横切る。十年前を思えば、里山といえるエリアはずいぶん縮まってしまった。それでも、そこだけはまだ時の流れ方がゆるやかなのである。

私たちは観光地に旅行に行っても、無意識にそういう風景を探す。そして、それはちゃんとどこかに残っている。

だから、固有名詞を残さない限り、どれも同じように人の暮しのある、少し昔の里山の風景のスケッチになる。

右に挙げた作品も、いくつかは旅吟である。

たとえば、最初の句は白川郷での嘱目だとうかがったが、あえて前書きをつけないことで、普遍性を得ていると思う。

屋根替は歳時記では「生活」のジャンルに入る春の季語だが、おもに茅葺の屋根を替えることを言うので、季語としては死語になったといっていいだろう。それでもこうして嘱目として切り取られると、季節の風物詩としてすんなりと受け取れてしまう。太々とした茅の束が、心強いと感じられるほどだ。

これはどういう現象なのか。

つまり、俳句のフレームで眼前の景のどこかを切り取った時、一枚の写真のようなそれは、切り離された瞬間に時を超越してしまう。そして、かつてそこにあったはずの過去の景をありありと見せてくれる。——これらの作品を見ていると、どうもそんな気がしてくるのである。

ちなみに屋根替の句は句集後半にも収められている。

屋根替や白樫の影茫々と

これも実景である。

私たちは茅葺の家に住んだことも、葺き替えを経験したこともないのに、茅葺の家を見れば懐かしいと感じ、また屋根替えに行き合えば季節の移り変わりに思いを馳せるのだ。

さて、もう少し『年木』の世界に浸ってみよう。

湯たんぽの湯のたつぷんと運ばるる

避寒してゴブラン織りの椅子に猫

たてまはす雨戸に穴や山眠る

雛の家の上がり框の高きこと

どれも日常性のある気負いのない句で、主観を省き、情景を切り取ることに徹した。注目すべきは「たつぷんと」「ゴブラン織り」また上がり框の高さ、即物性や「山眠る」の連想などが作品を生き生きとさせていることだ。

では、こんな句はどうだろうか。

春雷とつぶやく病んでゐるごとく

菜箸の角が痛くて五月病

鶏頭の高く立ちたる病み上り

忘るるといふは難し蒲団干す

自身の愁いは、ただ季節の流れに任せておくばかりで、時にはユーモアさえも覗かせる。

なんと潔い作風なのだろう。

蓬髪にいく度も手を八重桜

水羊羹冷えてゐますよ誕生日
夏シャツのボーダー好きで縁遠し
水澄むや膝の子に読むぐりとぐら
息深く吸へば喜寿なる若菜粥
中年の子に青饅の酢をきかせ

ご自身のプロフィールと家族の情景。これらの句も巧みに説明を避けて、読み手の想像力に委ねているのである。

十針も頭縫ひしと年木積む
榾燃ゆる我ら飲食忙しなく

句集名の「年木」を詠んだ句の一つは、山雀亭へのさりげない挨拶句である。そして、榾の燃える部屋での賑やかな飲食は、句会の一場面だろう。出会いから十年以上の時が流れても、幸い私たちは健啖だ。

旅に出ぬ月日の過ぎてレモン咲く

レモンの花の香気がなんとも清々しい。
ようやくコロナ禍も去ろうとしている今、世界中で異常気象にともなう自然災害や、戦争が起こる事態となった。各々、老いもひしひしと実感している だろう。

それでも、歩ける限りは歩き、句座を共にできる限りは顔を合わせて、許される限り、怠らずに俳句を作りたいと思う。

口に出すことはなくても、思うことは同じなのではないか。

寒梅へ深き轍のありにけり

この句はそんな作者の志を象徴しているように思えてくるのである。

令和五年小春の日

山雀亭　石田郷子

年木＊目次

句集　年木

山下きさ

I

この在の人かと問はる雪間草

屋根替の茅太々と束ねあり

初音なる名主屋敷を過ぎたれば

大甕に山茱萸活けて土地売つて

雪しろのごぼりごぼりと堰落つる

雪隠の檜造りや山笑ふ

猫の目草かつて視力の二・〇

古草の先は荒磯や誰もゐず

小走りに春雨傘をたたみつつ
手招きの春ストーブに寄りもして

初蝶やまた行先の違ふバス

蟇出づる久しく履かぬハイヒール

出で入りのせはしき婆や春障子

雪割草咲いて小さきお堂かな

山もとの日和よろしき梨の花

茎立につめたき風のありにけり

停泊のさるびあ丸や彼岸潮

春航やベイブリッジを過ぎてより

をみならの広がり歩く日永かな

清和かな石の竈に火を入れて

奉納の幟百ほど南風吹く

入漁券販売所なり牡丹咲く

青嵐ＪＡＺＺとありたる木の扉
桐咲いてタクシーの今出るところ

一輪のあやめにランプ灯しあり

この苑の青水無月の筧鳴る

敷藁の湿れる茄子の咲きにけり

子規読めばひときはなりし釣忍

床の間に大黒様や冷し蕎麦

たてかけて庫裡に箒と捕虫網

古井戸に青葉の影のかぶさりぬ

ナナハンの疾く過ぎゆける早桃かな

木馬館前や扇をつかひつつ
鳴神の去りたるあとの水煙

溝川や常磐木落葉きりもなし

猪独活の花に一枚脱ぎにけり

稲子麿飛んで燈台真つ白な
海女さんのバイク溜りやすいつちよん

新涼の土蔵に龍の鏝絵かな

首筋に蝶のタトゥーや秋暑し

花カンナゆるりと山羊のつながれて

くわりんたう色よく揚がり豊の秋

獅子頭くくと動きて秋祭

秋雷にひとかたまりの宿りかな

厨よりこゑせる秋の扇かな

対岸はお屋敷通り茱萸熟るる

たどりつき崩れ簗とはこれのこと
頂上や記録ノートと栗の実と

しじみ蝶きてゐる萩の名残かな

燭ひとつありたる稲荷小鳥くる

ジオラマに曾良と芭蕉や雁の秋

蝶々のつぐなふごとし草の花

野葡萄に思ひきる色ありにけり

人の輪を団栗拾ひつつ離れ

鬼柚子のごつごつにみな触れてゆき

末枯や大きく迫る鯉の口

降りしきる落葉の中へ舟を下り
あふぎては朝時雨とも日照雨とも

消炭に荒神箒新しく

湧水へ山茶花の白こぼれつぎ

声高に小松菜引いてゐたりけり

霜の朝欅の臼に水張つて

板戸あけ障子をあけて居間にゐる
福助のお辞儀してゐる暖炉かな

かへしたる太き楕より熨飛んで
焚火跡きれいに土の寄せてあり

すぐ裏を電車のとほる河豚の宿

傘さして牡丹供養の火入れかな

短日のしばづとちふをほどきけり

庵あらば裏におかるる火消壺

楓には雪吊松に雪囲

入口に菰巻三つ湯治宿

切干のかわきはじめし白さかな

雪めがね似合ふと言はれ取らずゐる

馬場の砂きれいに掃いて騎始

鶏のきて骨正月の日ざしかな

三椏のきつちり寒の蕾かな

Ⅱ

笹起くる湯宿の裏へ出てみれば
提灯を納めし筥や芽吹山

蛤汁や三つ葉大きく結ばれて

柃の花やどこかで鶏鳴いて

一枝を手折ればこぼれ花あけび
道尋ぬ玉巻くキャベツ売る人に

春の山お多福豆を甘く煮て
蜜蜂や傘を閉ぢれば降り出して

接骨木の花や初学の心地せり

つながれて汚れし羊春深む

うぐひすや緑子さんの裏庭に

薫風や切り分けてゐるミモレット

結界にころがつてゐる実梅かな

夕風や水浅くして河鹿鳴く

家裏のいきなり青葉闇深き

湧水を汲むための橋走り梅雨

水の辺に佇てば斑鳩のよく鳴ける

子細なき老人と子が水撒けり

水遊びしては冴をかへしけり

簀戸入れて瑠璃のグラスの置かれあり

八畳に寝かされてゐる水中り

徳利に屋号太々蚊遣香

引く波にさらはれて夏果つるらし

待宵や蒔絵の美しきオルゴール

立ち寄りて間口大きく月祀る
催しのあらねど南瓜並べあり

雨の蝶薄荷の花に忙しかる

秋蒔きに日差したつぷりありにけり

鶴首に垂らしてありぬ烏瓜

雷文の座布団いくつ在祭

笛の音に露けき橋を渡りけり
青みかんたわわに漁の休みなる

朽ち舟の水かきだせる蘆の花

大川のうねりてきたる榠樝の実

手庇のはるかに鴨の渡るなり

熊架はきつとあるはず山日和

ふりかへる森に十一月の空

冬野行く迎への男来るまでを

日のまはりきて冬滝の白さかな

川烏鳴いておくれよ冬うらら

湯たんぽの湯のたつぷんと運ばるる

避寒してゴブラン織りの椅子に猫

時雨忌の低きところにランプの灯

綿虫や桶ひとつある外流し

菜を捨つる穴をおほきく冬構

たてまはす雨戸に穴や山眠る

待春の外テーブルにソース瓶

ランタンの朱き光や春近し

金継ぎの皿の四角や淑気満つ

天窓に日を集めたる松納

Ⅲ

苗札の文字の薄れに屈みけり

春雷とつぶやく病んでゐるごとく

水の面のきらきらとして花疲れ

受付はマイクで応ふクロッカス

雛の間の神棚にある貯金箱

炉塞や笹濡らしゐる小糠雨

はじまりの太鼓だらだら春祭

祭礼の沓脱に蟻出でにけり

菜箸の角が痛くて五月病

薪売つて水鉄砲も売つてゐて

ポンプ井戸熱く薹菜の咲きにけり

ほうたるやさつと上りて山の雨

秋の蟬忘れ帽子のひとつあり

鶏頭の高く立ちたる病み上り

鞄ふれ水引草と気づきけり

冬瓜を据ゑてコーヒー淹れくるる

鮎落つる頃やゆるゆる日の差して

十月の撫づれば柔し力芝

木漏れ日に若き貌なる穴惑

流れまで鹿の足跡二つづつ

初猟やころがしておく杉丸太

巻尺を伸ばせば戻り冬の菊

風除けにたるみありけりほまち畑

梟や旅の枕の固くあり

枯蘆や山に銃音響きけり

こまごまとランプ灯せる狩の宿

忘るるといふは難し蒲団干す

帚木の枯に縦列駐車せり

霜枯の頼りなきかな野老の葉

冬構秩父うどんの茹であがり

土間の靴ひつくり返る十日夜

むささびや十分待てば飛ぶといふ

むささびを見に行く人と別れけり

ひとしきり竹垣に落ち霜雫

荒星や眠り薬のまだ効かず

家守の白猫メリークリスマス

ここで道問ひしことあり干大根
見届けし薮鶯の速さかな

自転車もバイクも来たり初渚

探梅の郵便局へ寄るといふ

Ⅳ

春禽や筧の竹の青々と

銭洗ふ人なく水の温みけり

屋根替や白樫の影茫々と
ものの芽や縁にひろげてお針箱

雛の家の上がり框の高きこと

立子忌の朝の紅茶を濃く淹れて

垣手入れ了へ学校のよく見ゆる
メロディーのけだるさに脱ぐ春コート

永き日の窓口に出す処方箋

蓬髪にいくども手を八重桜

散る花へバケツの水をあけにけり

かそけきは祈りの声か藤の昼

缶詰をぱかと開けたる日永かな

掃除機に三宝柑の種の音

春霞消えて物干竿冷た

広告の裏も広告鳥の恋

会へぬ間に春の野芥子の猛々し

巣箱かけあり白樺は直なる木

晶子忌の傘に木の花零れ継ぎ

八ッ橋のニッキにほへる端午かな

山墓は正面にあり柏餅

街薄暑人混みといふ懐しさ

薔薇を見に濡れたる靴をまた履いて
若葉冷ホットケーキを蜜流れ

梅雨菌蹴りたしといひ蹴りにけり

はらからへほーいと早苗投げにけり

荒草にごつんとボート着きにけり

花柘榴こぼれて熱のあるごとし

ライダーのひと休みせる裸かな

トマト食む屈託のなき長き脚

裏窓に青無花果をかぞへけり

風知草玄関の扉は開けておく

家古りて人も古りたる網戸かな

水羊羹冷えてゐますよ誕生日

夏シャツのボーダー好きで縁遠し

門口の箒禿びたる秋隣

顔青むほどに垂れゐて青葡萄

けふあたり投網解禁草ひばり

白雲やどの鹿垣も新しく

丸薬の銀色も涼新た

部屋干しのジーンズ重し星の恋

葉隠れの鬼灯に足すべらする

星飛んでピクルスの瓶増やしけり

二三人きて秋風のふと消ゆる

橡の実や自づと早くなる下り

釣舟草一本橋の暮れてきて

畦川の勢ひ高らか稲雀

白々と棉吹く黙のありにけり

板塀にタールのにほひ雁来紅
いく度もあがる二階や蓼の花

干し物の高さに紫苑吹かれけり

水澄むや膝の子に読むぐりとぐら

よき友に食べさせたくて栗ごはん

猪荒らす庭やこの家売り出し中

旅人に冬の泉のあふれゐる

冬晴や鶲の鳴けば山雀も

手をとればふくよかなりし冬紅葉

仰ぎたる榛の高さよ雪催

寒風や梁縦横に厩跡

横道の柵の古りたる雪迎

格子戸へ三段ほどや一葉忌

客人に大根厚う厚う煮ゆ

榾燃ゆる我ら飲食忙しなく
極月の仕掛けてありぬ鼠捕り

十針も頭縫ひしと年木積む

万両や息を切らして登りきり

書肆に売る花眼のめがね青木の実

ＹＹと金の刺繡やインバネス

目薬のあとのまぶしさ石蕗の花

息深く吸へば喜寿なる若菜粥

日脚伸ぶ棚に百ほど招猫

V

寒明けの水仕の指をつくづくと

誰もゐぬ二階の鳴つて寒明くる

さびしくてちよと退屈な春の風邪

畑焼の煙にたちし二三人

男らの草焼く煙くぐりけり

お彼岸の羽二重餅のさくら色

龍天に登るや吹抜の画室

眠りゐる人の隣やあたたかし

炉を塞ぎそこらきれいに掃いてゐる

中年の子に青饅の酢をきかせ

煮つめたるジャムに舌焼く春の雨

枸杞摘めば背より声かけらるる

暮かぬるはねず色なる窓明り

受付のけふ愛想よき風信子

つくばひの静かにあふれ花馬酔木

麗日のロの字にならべ長机

ほつほつとリュック過ぎゆく雑木の芽

デコポンの凸の方から剝きはじむ

若きころ過つてゆける柳かな

婆さまの互ひに褒めて花衣

門川に水の戻れる落花かな

桜蘂船玉さまに降り継ぎて

砂まじる風のくるなり豆の花

畳屋に畳のなくて春の風

竹の秋小屋にリヤカー立てかけて

花苺靴の中なる砂捨てて

蛙鳴く田へ縁側の広々と
階段は下りるが怖し目借時

雲湧いて段丘広き蝶の昼

さわさわと日干しの魚や五月くる

葉桜にレントゲン車の来てをりぬ

牡丹や大き鞄の庵主さま

旅に出ぬ月日の過ぎてレモン咲く

乾きたる傘にこぼれて藕の花

市境の川のたひらか花茨
桑の実を摘めば白雲湧いてきて

びつしりと柾の花や田植どき

一叢の真菰に野川奔りけり

寝起きよき子に夏蝶のよく飛ぶ日

ひと晩を母と過ごしし蚊遣香

よく通るこゑに呼ばるる草の王

雨の打つ蛍袋をさびしめる

唐突に笹の散りたる坂がかり
竹散るや掃きに出てきし管理人

夕萱や眠たき人に星のでて

白樫の木漏れ日に置く円座かな

首振らぬ甘味処の扇風機

立札に遊泳禁止冷し飴

宅配の台車の通る青時雨

植ゑてある茄子にひ弱な支へ棒

夕暮れは母懐かしき黄のダリア
ひと隅の雨に明るき花魁草

昏みたる汐入の川野分くる
白粉の咲いて帰りの遅き子よ

雲去りて稜線確と秋薊

にはたづみ大跨ぎして草の花

覚えある鳴きごゑでくる小鳥かな

釣人に川波ひたと鳥渡る

出来秋の鍋にたっぷりラタトゥイユ

竜胆やもの食む口のふとさびし

家ぬちの灯され石榴固かりき

子の蹴りしボールにたわみ秋簾

朝顔の種採って捨てて野球の子
侘助の咲けば父の忌近からん

冬蔦や詰襟の子の急ぎくる

日面に蜂の飛びくる帰り花

海に出る路地の家々花アロエ

弁当を食むや寒禽次々と

白々と小禽とべる寒さかな

この頃は意地も通せず浮寝鳥

枯蘆のしづかに水のたひらかに
遅れきて冷たき机冷たきペン

ビロードの窓掛け重し燗熱し

狸こぬ間にぎんなんは拾ふべし

二胡の音に薪ストーブのよく燃ゆる

炎の色の顔に映りぬ火吹竹

飯能市下名栗宛賀状書く

軽トラをそこに焚火の男かな

海女ひとり焚火に髪をほどきけり

いぶりたるにほひに寄りし囲炉裏かな

冬の水心弱りの顔映し
からたちの棘荒々しクリスマス

家毎に年木積みある川ほとり

煤払裏山の笹切りにゆく

寒梅へ深き轍のありにけり

あとがき

『年木』は私の第二句集です。第一句集『水路』以降の作品三二三句を収録しました。

この間に飯能市名栗を吟行する機会に恵まれました。山あり渓あり、里山の豊かな自然に心を解放し鳥や草花と親しみ様々な季語に出会いました。また、椋の定点観測の吟行地、国立市矢川緑地、谷保・城山公園を毎月吟行します。少しずつ変化していく周辺の景色に寂しい思いをしたり新たに気付くこともあります。

これからも俳句と共に楽しく生きたいと五感を働かせて今日も歩きます。

本句集上梓に当り、日頃からお世話になっている石田郷子先生に選句とご指導そして序文を賜りました。心より感謝申し上げます。

そして「椋」句友のみなさまにもお礼申し上げます。

二〇二三年一一月

山下きさ